# LA GAIETÉ,

## POËME.

---

μειδησεν δε θεα λευκωλενος Ήρη·
μειδιουσα δε παιδος εδεξατο χειρι .κυπελλον ....
Άσβεστος δ' αρ ενωρτο γελως μακαρεσσι θεοισιν.

ILIAD. L.

Du noir Vulcain Junon reçut la coupe,
La Déité rit au plus haut des Cieux ;]
Le rire gagne, & chez l'heureuse troupe
Un ris sans fin fit le bonheur des Dieux.

---

## A AMSTERDAM;

*Et se trouve A PARIS,*

Chez P. FR. GUEFFIER, au bas de la rue de
la Harpe, à la Liberté.

---

## M. DCC. LXXII.

# LA GAIETÉ.

REINE des cœurs, jeune & simple Gaieté,
Fille du ciel, & sœur de l'innocence,
Humble compagne & soutien de l'enfance,
De l'homme heureux douce félicité,
Du malheureux unique volupté ;
En même tems ta voix enchanteresse
Sçait allumer les yeux de la Jeunesse,
Et dérider le front de la vieillesse.
Car, tu sçais tout, aimable Déité ;
Dès qu'on te voit, tu plais ; quoi que tu fasses,
Tu réussis ; charme de la beauté,
La laideur même embellit de tes grâces.
Viens à mon aide : amene sur tes traces
Tes beaux enfants, les vertus & les ris,
Viens, vole, accours, c'est pour toi que j'écris !

( 1 ) QUAND des partis, la fanatique rage

De mes Ayeux eut proscrit la maison ;
C'est toi qui fus mon unique héritage.
Privé de tout, malheureux rejetton
De cet essaim guerrier & vagabond,
Qui, promené de rivage en rivage,
Offrant partout du courage & des bras,
Aux fers honteux d'un cruel esclavage
Sçait préférer l'exil & le trépas,
Qu'eussé-je fait, si ta douceur propice
N'eût à propos tempéré le calice
De mes douleurs ? Tu soutins mes esprits
Contre la peine & contre le mépris.
J'ai vu les jours de ma débile enfance,
Plus que voisins de la dure indigence,
Abandonnés au caprice du sort,
Au mal de vivre, au refus de la mort ;
Mais, je te vis : sous ton heureux empire
Je m'enivrai d'un innocent délire,
Et, tu souris à mon premier sourire.
Grâces sans nombre & renom éternel
A ma Déesse. Aussi, jamais mortel
N'a tant brûlé d'encens sur ton Autel.


Contrée heureuse où je trouve un asyle ;
Peuple charmant chez qui j'ai vu le jour,
Paris, sans pair, du faste le séjour,
Pourquoi faut-il, ô trop superbe ville,

Que de tes murs, peut-être sans retour,
De la Gaieté la séduisante cour,
En dépit d'elle, elle-même s'exile ?
Qu'avez-vous fait, François ? Qu'est devenu
Du bon Henri ce bon tems si connu ?
( 2 ) Ce tems charmant de la gaieté gauloise,
Où, sous l'hermine & sous les fleurs de lys,
Sous le casaque & le chaperon gris,
Egalement rioient Prince, Marquis,
Marchand, Soldat, & Duchesse & Bourgeoise ?
Vous, Etrangers, dont la foule jadis
Des bouts du monde accouroit empressée,
Pour admirer, dans son joyeux pourpris,
La Capitale & des Jeux & des Ris.
Détrompez-vous : la mode en est passée ;
C'est le bon air d'être triste à Paris.

L'AIR élégant d'une femme élégante
C'est, à tout prix, d'obtenir la patente
Du bel esprit. A ce titre vanté,
Sacrifiant de l'ingénuité
Le ton heureux que donne la nature,
Ce ton sans prix, comme il est sans parure ;
Aux soupers fins où la mode conduit,
Avant le fruit, Eglé séche & périt
D'ennui profond, tout en crévant d'esprit.

Nos jeunes-gens plats , durs , fecs , froids &
   rogues ,
Malgré l'aigreur de leur mince caquet ,
L'épaule ronde & l'énorme bouquet ,
N'ont que le ton de triftes Pédagogues.
Effayez-les : voyez-les hors des murs ,
Dans les retours de ces taudis obfcurs ,
Que la licence & le luxe futile
Ont récrépis aux fauxbourgs de la Ville.
S'amufe-t-on beaucoup en tel réduit ?
Non : de l'ennui c'eft le plus fûr afyle.
On joue, on foupe, on perfiffle , on médit ,
On y ricane & jamais on n'y rit.

Voulez-vous voir la gaieté toute nue ,
Et les tranfports de la joie ingénue ?
Vous-même ofez lui payer un tribut.
Quittez des grands la brillante cohue.
Un beau Dimanche , au fortir du falut ,
Voyez , fuivez cette tourbe menue ,
Hommes , enfants , femmes , filles , vieillards ,
Riant , chantant , par nos jardins épars ,
Et puis foupant au frais fur les remparts.
Un plat de crême , un panier de cerifes ,
Une falade , un morceau de jambon ,
Du mauvais vin , qu'on trouve toujours bon ,
Voilà pourtant leurs délices exquifes ?

Le luxe vient triftement végéter
A ce fpectacle en un char tout de glace ;
Mais, c'eft envain qu'il paffe, qu'il repaffe ;
Nouveau Tantale, il y vient regretter,
Le vrai bonheur qu'il ne fauroit goûter.

Le fage Auteur de la nature humaine
Egalement a mefuré la peine
Et le plaifir. Bonnes gens de vos maux,
Vous calculez la fin & le repos ;
Sûrs d'être heureux une fois la femaine,
C'eft pour vous feuls que vient à point nommé
De St. Martin le jour fi bien chommé,
Le Carnaval, avec la Mi-Carême ;
Tandis que, par l'excès du plaifir même ;
De tous plaifirs raffafiés & las,
Les Elégans n'ont point de Mardi gras.

Les Elégans ! voyez-les à la guerre
Triftes, gourmés & cachés, & cachant
Leur nullité, fous un faux air tranchant.
A tous propos, des ombres du myftere,
Dans leurs Bureaux ils vont s'enveloppant ;
Soupant entre eux, de leurs chefs médifant,
Ne voyant rien, & fans ceffe écrivant :
Car, aujourd'hui, noyé dans des miferes,
( 3 ) Tout Colonel a quatre Secretaires.

A iv

CE Général , de mes larmes l'objet ,
Ce fier Saxon , dont les exploits infignes
Ne caufent plus qu'un ftérile regret ,
Ecoutoit tout & voyoit tout , rioit
Tant qu'on vouloit , & chaque jour donnoit
Plus de combats qu'il n'écrivoit de lignes.
L'Anglois alors par nos gaillards Soldats
Etoit frotté , défait à chaque pas ,
Et , qui plus eft , l'Anglois ne rioit pas.

POUR Dieu , ris donc éternel Buralifte,
Ris & combats ; & ne crois pas enfler
Par ton air froid des fept Sages la lifte.
Le laid Hibou , des habitans de l'air ,
Eft le plus fot comme il eft le plus trifte.

OH , doucement , Monfieur , me dira-t-on ;
Rire & combattre , étoit jadis le ton
De tout François (4). Aujourd'hui tout tudefque,
En pourpoint court , il brave le canon
Plus de fang froid ; laiffe à la foldatefque
Ces vains éclats d'un courage indécent ,
Et d'un œil fec voit tout événement ;
Enfin (5) , Monfieur , à Paris , à la guerre
On ne rit plus ; & vous avez beau faire ,
Ces tranfports fous d'une ame trop légere ,
Ris fcandaleux qu'abjure la Raifon ,

Cela s'appelle en petite maifon ,
Plate gaieté du Bourgeois le plus mince ,
Gauches façons de femme de Province ,
Air du Couvent , ou ton de Garnifon.

Voyez plutôt : venez à nos Spectacles
Prendre leçon de nos jeunes Oracles.
Avifez-vous aujourd'hui d'admirer
D'Amphytrion la Mufe grimaciere :
Nos Gens de goût vont bien vous rembarer ;
Ils vous diront , fi vous trouvez Moliere
Toujours plaifant ; *plaifant, fi vous voulez,*
*Mais il eft bas. Dans fes Vers peu réglés ,*
*Le bon fens fouffre ainfi que la décence.*
Quoi , le bon fens ? .... *Oui , M. le bon fens.*
*Et puis fon ftyle ! .. Il voit , il parle , il penfe*
*Comme le peuple & les petites gens.*
Fort bien , Monfieur , fort bien ; je vous entends :
Vous aimez mieux ces Vers couleur de rofe,
Brimborions avec art enchaffés ,
Léchés , limés , liffés & verniffés ;
Où l'Auteur brille , & l'Acteur fe repofe.
Oh ! dans Moliere , on y trouve autre chofe.
Et quant au ton , à ce fublime goût,
De votre fauffe & funefte décénce ,
Quoi ? Dans ce fiecle , où l'on fe permet tout,
Vous en parlez avec tant d'importance ?

Il n'en eſt qu'une, & ſon unique eſſence,
C'eſt la naïve & riante innocence.
Car croyez moi ; j'en ai ſondé le gué,
Je le ſais bien ; le vice n'eſt pas gay.
Votre décence, arrangement commode,
De la licence a rédigé le Code
Par qui le vice eſt réduit en méthode,
Et la décence a banni la vertu.

*PHRASES ! Grands mots d'un eſprit biſcornu !*
*D'où venez-vous ?... Allons, il eſt bon homme !*
*Eh, quoi ! Monſieur, vous ignorez donc comme*
*Paris, Berlin, Genêve ont combattu*
*Contre l'erreur, & qu'enfin confondu,*
*Du préjugé le monſtre eſt abattu ?*
*Mais, c'eſt trop fort, c'eſt d'une gaucherie !*
*La raiſon croît ainſi que le génie ;*
*L'eſprit, Monſieur, & la Philoſophie !*
*L'eſprit ! l'eſprit ! Philoſophe maudit,*
*Te tairas-tu ? Vois Dryden qui te crie,*
*Depuis cent ans, l'eſprit ( * ), ce grand eſprit,*
*De la folie, eſt plus près qu'on ne penſe ;*
*Mince cloiſon en borne la diſtance.*

---

* Great witts to madneſſ ſure are near ally'd,
And thin partitions doe their bounds divide.

Dryden.

Qu'un (6) Philofophe, utile Citoyen,
Cherche, la plume, ou la bêche à la main,
Du Laboureur, à doubler l'efpérance.

Qu'un (7) autre encor, ami des arts, forçant
Les Elémens d'être à fes vœux dociles,
Par un reffort fimple autant que puiffant,
Jeu que conduit le feu, l'onde ou le vent,
Rende aux travaux de nos terres ftériles,
Ces bras nerveux & ces Colons utiles,
Que déroboit le luxe de nos Villes.

Qu'a fon génie (8) afferviffant les Cieux,
Par fes calculs, CLAIRAUT furprenne aux Dieux
De l'Univers l'ordre myftérieux ;
Qu'il ouvre un champ libre & sûr au commerce ;
Guidé par lui, fur l'onde qu'il traverfe,
Que le Pilote affronte l'Aquilon ;
Et qu'à l'afpect de la pâle Couriere,
Qui, chaque mois, fourniffant fa carriere,
Dans l'ombre fuit fa courfe irréguliere,
Tout Nautonnier fache où fon pavillon,
A chaque inftant, fend l'humide fillon ;
Voilà mes Dieux, & ceux de la nature.
Mais vous, Meffieurs, triftes & grands Auteurs,
Manouvriers de la Littérature,
Compilateurs, Translateurs, Rédacteurs ;

Vos gros Difcours, vos immenfes Sommaires,
Vos Almanachs & vos Dictionnaires,
Vos vaftes Riens, vos fublimes Ecrits,
Ne valent pas le moment où je ris.

Le beau projet, pour un fils du Permeffe,
D'avoir un nom, à force de trifteffe !
Pauvre, perclus, malade, eftropié,
Je plains Scarron, & fa fortune ingratte ;
Mais la gayeté du fameux cul-de-jatte,
Fait mon envie, & fa (9) trifte moitié,
Auprès du trône, excite ma pitié.

Que fert le nom de la Philofophie ?
Que fert l'efprit, le talent, la beauté ?
Que fert l'argent, le rang & la fanté,
Et le pouvoir ? … Mais, que fert donc la vie,
Et tout fon train, à moins que l'on n'y rie ?

Le Ciel n'eft point fatigué de mes vœux ;
Je ne demande en tout qu'un peu d'aifance
Et de fanté, beaucoup d'indépendance,
Et laiffez (*) faire à moi pour être heureux.
Que me faut-il pour cela ? Peu de chofe,

---

* Da mihi fortunam, animum æquum mî ipfe parabo.
*Horat.*

(13)

Ou plutôt rien. Que le deftin difpofe,
Comme il voudra de ce tréfor vanté,
Qu'on nomme *bien*, dont je fuis peu tenté;
Il ne fauroit m'enlever la gayeté.
Loin des Cours, loin de ce peuple frivole,
Qui, tour à tour, taciturne & bavard,
Plaît par adreffe & déplaît par hazard;
Loin, mais bien loin, de cette fauffe idole,
Il ne me faut qu'un très-mince réduit,
Où l'on pourra lire deffus la porte,
En Lettres d'or, ce beau paffage écrit:

AMIS, ENTREZ, C'EST ICI QUE L'ON
RIT.

DE QUOI? POURQUOI? QUAND? COM-
MENT? IL N'IMPORTE.

Ajoutez-y de vieux Livres choifis;
Du bon vin vieux & quelques vieux amis;
Que l'on y joigne encor une compagne (*),
Douce, fans fafte & fur-tout fans efprit:
Je ne veux rien que l'apprêt accompagne,
Le bon fens feul, aidé du goût, fuffit.

---

* Auctius atque
Dii melius fecere, bene eft. Nil amplius oro.
*Horat.*

Qu'elle foit franche & fans art ; qu'elle rie ,
Soir & matin , fans fe faire prier.
Et nous rirons , fi Dieu me prête vie ,
Tout à notre aife , un demi fiécle entier.
Puis , quand fera ma carriere finie ,
Je dirai , las ! j'ai le cœur bien marri ,
De vous quitter , mais pourtant , j'ai bien ri.

# NOTES

## SUR LE POËME DE LA GAIETÉ.

( 1 ) Quand des partis la fanatique rage
De mes Ayeux eut proscrit la maison.

LES Papiftes Irlandois, expatriés par la révolution de 1688, ont bien du rapport fans doute avec les Huguenots François expatriés en 1685 par la révocation de l'Edit de Nantes. Ces deux claffes d'infortunés doivent être fenfibles, l'une pour l'autre, à des maux dont la caufe leur eft commune ; & toutes les deux ont certainement droit à l'eftime & à la compaffion publique. Mais, pour trouver dans l'Hiftoire un événement femblable à la capitulation de Limerik, il faut remonter jufqu'à l'enthoufiafme des Grecs pour leur Religion, pour leur Gouvernement & pour leur liberté.

Les Athéniens, à la veille d'être écrafés par la puiffance des Perfes, abandonnent leurs foyers, leurs femmes, leurs enfans & leurs vieillards à la fauvegarde des Dieux, & tout ce qui peut porter les armes monte fur fes vaiffeaux, réfolu de vaincre à Salamine, de périr dans les flots, ou d'aller chercher une nouvelle patrie.

Après la perte des batailles de la Boyne & d'Aghrim, & la mort de fon Général, toute la Nobleffe d'Irlande, renfermée dans la mauvaife place de Limerik, abandonnée par fon maître & par fes alliés, fans munitions, fans argent, fans armes & fans vivres, à la tête d'une Milice qui n'avoit jamais fait la guerre, foutient un fiége prefqu'auffi mémorable que celui de Troye, & finit par une capitulation qui n'a pas d'exemple, même dans la Fable.

Par le premier Article, non-feulement les vaincus ne fe foumettent pas aux vainqueurs, mais, au plus fort de la guerre que le vrai Chef de la ligue d'Augsbourg faifoit à Louis XIV, ils contraignent le Prince d'Orange de donner un paffeport à la flotte Françoife, pour venir recevoir dans les ports Britanniques, une armée entiere de fes fujets, qui paffoit dans le camp ennemi. Dix-huit mille hommes de troupes, ayant à leur tête plufieurs milliers de Gentilshommes, qui, chacun dans leur canton & à leurs frais, avoient contribué à lever fes troupes; toute cette armée, dis-je, monta à la fois fur l'efcadre de M. de Chateau-Renaud, & trouva

bientôt

tôt après à Neervinde une nouvelle Salamine ;
dont la victoire cependant, ne lui rouvrit pas le
chemin d'Athenes.

Telle est l'origine des corps de cette nation ,
qui ont l'honneur de servir depuis les Rois de
France , d'Espagne & de Naples. Le reste de l'Europe n'a pas de Régiments Irlandois à son service ;
mais les seules armées de l'Impératrice-Reine
comptent entre sept à huit cens Officiers Irlandois sous leurs drapeaux.

L'infraction de la capitulation de Limerick &
du droit des gens , & les Loix contre les Papistes , plus atroces cent fois que le code noir contre les Negres , obligent un peuple entier de
fuir ses lares paternels. Une fourmilliere de vaga-
bonds Anglois , & de porte-balles d'Ecosse s'est
établie dans nos héritages , & leurs enfants aujourd'hui boivent réguliérement, à chaque repas ,
le *Toast* de LA RÉVOLUTION ET LA GLORIEUSE
ET IMMORTELLE MÉMOIRE DE GUILLAUME III,
lequel effectivement leur a donné de quoi boire.

Mais après une conduite aussi féroce, aussi avide
& des loix aussi sanguinaires , il ne faut pas que
les Protestans d'aucune communion se vantent de
l'esprit de paix , de désintéressement & de *Tolé-*
*rantisme* , & surtout il faut bien qu'ils se gar-
dent de reprocher aux Papistes Espagnols , l'ava-

rice & la cruauté des Pizarres & des Cortez, contre les malheureux habitans du Méxique & du
Pérou, à qui ils prenoient leur or & leur argent,
après les avoir baptifés & réduits en fervitude.
Séparés du refte de l'univers, nous étions très-
heureux dans notre Isle avec nos *Agnus*, nos
chapelets, la liberté & nos gras pâturages. Tout
à coup le zèle de la réforme a tranfporté chez nous
des légions de miffionnaires, la bayonnette au
bout du fufil, qui fe font emparés de nos châ-
teaux & de nos fermes, & nous ont offert, à la
place, un nouvel évangile. Je ne vois pas que l'a-
mour de ce même évangile ait jamais tranfporté
fes Apôtres, dans les déferts arides des Samoyedes,
ou parmi les glaces & l'indigence des Lapons.

La révolution d'Irlande & l'hiftoire d'un peuple toujours difperfé, toujours fubfiftant & toujours combattant, eft un morceau qui manque à
l'Hiftoire du fiecle paffé & de celui-ci. Il feroit à
fouhaiter que quelque Ecrivain François, Alle-
mand, Italien ou Efpagnol, voulût l'entrepren-
dre. Quoique l'Angleterre nous ait donné des
morceaux d'hiftoire, comparables au moins aux
chefs-d'œuvre de l'antiquité, on fent bien cependant que l'Ouvrage dont je parle, ne doit
pas fortir d'une plume Britannique.

(2) .                    Qu'eſt devenu
      Du bon Henri ce tems ſi connu,
      Ce tems charmant de la Gaieté Gauloiſe ?

Montagne eſt gaillard en ſe perdant dans le
Labyrinthe de ſa Philoſophie ſceptique, & Ra-
belais cache la ſienne ſous la bouffonnerie la plus
extravagante. Sans parler de Brantome & de la
Reine de Navarre, les économies royales de M.
de Roſny, outre le ton de naïveté & de noble fran-
chiſe, qui en font le caractère, ont cent traits
de véritable gaieté, qui ſortent des affaires même
les plus épineuſes. Qu'on ſe rappelle ſa négocia-
tion avec l'Amiral de Villars, & d'autres, avec
des Evêques, plus ſingulieres encore. Les Lettres
& les expéditions de Henri IV ſont toutes dans le
même goût. Il n'y a pas juſqu'aux Ouvrages po-
lémiques de ce tems-là, qui n'y ſoient auſſi ; &
c'eſt tout dire : car, l'eſprit de parti trempe ordi-
nairement ſa plume dans le fiel le plus noir.
L'Apologie pour Hérodote, le Baron de Fœneſte,
la Satyre Ménippée, la Confeſſion de Sancy, le
Divorce Satyrique, ſont des Libelles, mais, ils
font rire. Aujourd'hui l'on eſt méchant, on
voudroit être plaiſant, on n'eſt plus gai.

( 3 ) Car aujourd'hui , noyé dans des mifères ,
Tout Colonel a quatre Secretaires.

Il n'eft que trop généralement vrai que le fer-
vice eft l'état de tout le monde & n'eft le métier
de perfonne. J'ai vu du moins qu'on ne s'en oc-
cupoit guère pendant la paix & que l'on paffoit
fon tems à écrire , quand on étoit en campagne.

( 4 )                Aujourd'hui , tout tudefque
En pourpoint court , il brave le canon ,
Plus de fang-froid.

C'eft une chofe étonnante que le progrès
qu'ont fait en France depuis quelque tems l'*An-
glomanie* & le *Pruffianifme*. Les Anglois cependant continuent toujours d'apprendre la langue
Françoife , pour lire les Livres François , & pour
converfer avec les François. Ils ne fe font pas
encore dégoûté de boire leurs vins , d'imiter leurs
manieres & de voyager dans leur pays ; & le
Héros du Nord veut bien convenir , que les Or-
donnances Françoifes & les Ecrits des Généraux
François , ont contribué à former fon Code mili-
taire.

( 5 ) Enfin , Monfieur , à Paris , à la guerre ,
On ne rit plus.

Un homme qui , non-feulement a beaucoup

d'efprit, mais qui, deplus, a dans dans fon efprit un caractere & une maniere à lui, ce qui n'eft
pas fi commun, cet Ecrivain, qui vaut encore
mieux que fes Ouvrages, quelqu'excellents qu'ils
foient, & l'un des plus honnêtes hommes & des
plus gais de France, a rendu cette vérité bien
plus fortement & plus gayement encore, dans un
badinage de fociété.

LA PARADE.

Je viens fur leurs débris établir mes treteaux
Et par mes jeux badins amufer ces Badauts.

L'AUTEUR.

Eux! du bon ton, de l'air reconnoiffant l'empire,
Ils vous voudront du mal de les avoir fait rire.
Ils fe divertiront & s'en repentiront,
S'amuferont, riront & s'en indigneront.
*Des Chevaliers François tel eft le caractere.*

(6) Qu'un Philofophe, utile Citoyen,
Cherche, la plume, ou la bêche à la main,
Du Laboureur à doubler l'efpérance.

La fcience du calcul a fans doute rendu de
grands fervices aux hommes; mais ils doivent
plus de reconnoiffance à celui qui leur fait venir
un litron de bled de plus, qu'à ceux qui leur
fourniffent un boiffeau de calculs inutiles. M. de
Parcieux ne paffoit pas pour être bien fupérieur

B iij

dans ce qu'on appelle la *Géométrie transcendante*. Cependant, si la mort ne l'eût pas prévenu, quand il travailloit à conduire la riviere d'Yvette à Paris, les habitans de cette grande Ville, qui continue à être infectée de boue, & à acheter de l'eau, depuis le temps de Jules Céfar, n'auroient-ils pas dû élever une ftatue à leur bienfaiteur, à la porte même de fon Académie ? Mais M. de Mairan avoit raifon, quand il répétoit toujours que *la plûpart du temps, on ne faifoit cas des hommes, qu'en raifon inverfe de leur utilité.* Un très-grand Souverain vouloit faire venir de l'eau dans fon jardin ; il chargea de ce travail un des plus habiles Géomêtres de fes Etats. Après avoir attendu long temps, & inutilement, il en chargea un ouvrier ordinaire. *Que vouliez-vous que je fiffe,* répondit le Roi, à ceux qui prétendoient que cela humilioit l'aigle de fon Académie. *Il m'a fait un beau cancan de calculs de la plus fublime Géométrie fans doute, mais cependant l'eau ne venoit pas. J'ai fait faire la pompe à un Pompier.*

( 7 ) Qu'un autre encore, ami des arts, forçant
  Les élémens d'être à fes vœux dociles. . . .
  Rende aux travaux de nos terres ftériles
  Ces bras nerveux, &c.

Dans le Nord-Hollande, il y a des Moulins à fcier des planches avec lefquels un feul village

en exploite davantage dans une femaine , que toutes les Provinces-unies n'en pourroient fcier en
un mois, quand tous fes habitans fe feroient
fcieurs de long. Moyennant cette Machine très-
fimple & très-ingénieufe , ils achettent les bois
de Lorraine , de Flandre & d'Allemagne qu'ils
flottent chez eux par la Meufe , le Rhin & l'Ef-
caut , les revendent enfuite en planches , à très-
bon compte aux anciens Propriétaires , & confer-
vent leurs habitans pour en faire des laboureurs ,
des manufacturiers , des foldats & des matelots.
Si les Moulins à moudre du bled n'étoient pas
connus en France , il faudroit que fes manufactu-
res , fon commerce , fa marine & fes armées tom-
baffent toutes à la fois ; car la moitié des François
feroit alors occupée à faire de la farine.

( 8 ) Qu'à fon génie afferviffant les Cieux ,
    Par fes calculs CLAIRAUT furprenne aux Dieux
    De l'Univers l'ordre myftérieux.

M. Clairaut qui a été reçu à l'Académie des
Sciences à feize ans, à vingt-trois à été un des
Académiciens nommés par le Roi pour aller à
Torno en Laponie , faire fous le Pole des obfer-
vations propres à déterminer la figure de la terre,
Problême très-utile à la navigation. En 1747, il
remporta à l'Académie de Pétersbourg, en con-

currence avec Mrs Euler & d'Alembert, le prix proposé pour la solution du problème des trois corps. C'est de la solution de ce fameux problème, qu'il a tiré le tems précis du retour de la Comete de 1682, prédit vaguement par Newton, & uniquement annoncé par Halley. M. Clairaut seul de tous les Géometres passés ou présens, l'a calculé. Halley avoue nettement *que ce calcul est au-dessus de ses forces.* De ce même problème, l'objet du désespoir ou de l'émulation des Géometres, M. Clairaut travaille actuellement à tirer des tables de la lune assez exactes pour être employées dans la recherche des longitudes. Il espere pousser son calcul jusqu'à pouvoir déterminer la longitude en mer, à cinquante lieues près. Les Anglois qui ont assuré les plus riches récompenses à cette découverte ont porté le prix le plus considérable à la fixation de la longitude à vingt-cinq lieues. Ils ont regardé une plus grande précision comme impossible & même inutile, parceque plus près de vingt-cinq lieues, on peut voir les côtes.

M. Clairaut est mort en 1765, & ceci étoit écrit en 1759. Quand je l'ai relu, treize ans ensuite, les réflexions les plus douloureuses sur la perte d'un ami, si digne d'être regretté, ne m'ont pas permis d'en changer la forme. S'il eût vécu jusqu'aujourd'hui, il ne seroit pas fort âgé ; &

quels fervices n'eût pas rendu ce génie, qui, au fortir de l'enfance, à l'âge de douze ans, avoit au moins égalé déjà les plus grands Géometres de l'Europe, & qui depuis cette époque avoit conftamment appliqué tous fes travaux à des découvertes utiles ?

( 9 )  Et fa trifte moitié,
Auprès du trône excite ma pitié.

*On me croit fort heureufe.... Si l'on connoiffoit ma fituation !... Si l'on favoit ce que j'ai à fouffrir !... Je voudrois être morte.... &c. &c.* Ces doléances éternelles de Madame de Maintenon ne rappellent-elles pas à tout moment le bon mot de fon frere.

F I N.

www.ingramcontent.com/pod-product-compliance
Ingram Content Group UK Ltd.
Pitfield, Milton Keynes, MK11 3LW, UK
UKHW021640130726
13696UKWH00005B/2316